Copyright © 2016 de texto *by* Cristino Wapichana
Copyright © 2016 de ilustração *by* Graça Lima
Copyright © 2016 desta edição *by* Zit Editora

Coordenação editorial: Laura van Boekel
Editora assistente (arte): Juliana Pegas
Revisão: Cristina da Costa Pereira

....

CIP-BRASIL. CATALOGAÇÃO NA PUBLICAÇÃO.
SINDICATO NACIONAL DOS EDITORES DE LIVROS, RJ.

W223b

  Wapichana, Cristino
  A boca da noite / Cristino Wapichana; ilustração Graça Lima.
  - 1. ed. - Rio de Janeiro: Zit, 2016.

  40 p.: il.; 28 cm.

  ISBN 978-85-7933-107-7

  1. Conto infantojuvenil brasileiro. I. Lima, Graça. II. Título.

16-36015   CDD: 028.5   CDU: 087.5

....

Registrado no Escritório de Direitos Autorais da Fundação Biblioteca Nacional, Ministério da Educação e Cultura. Proibida a reprodução total ou parcial desta obra sem permissão expressa do Editor (Lei nº 5.988, de 14 de dezembro de 1973). Todos os direitos reservados.

Zit Editora [marca do Grupo Editorial Zit]
Av. Pastor Martin Luther King Jr., 126 | Bloco 1000 | Sala 204
Nova América Offices | Del Castilho | 20765-000 | Rio de Janeiro | RJ
T. 21 2564-8986 | grupoeditorialzit.com.br
facebook.com/grupoeditorialzit
instagram.com/grupoeditorialzit.com.br

Impresso no Brasil/*Printed in Brazil*

Nova ortografia (acordo de 1990)

CRISTINO WAPICHANA

A BOCA DA NOITE

ILUSTRAÇÕES GRAÇA LIMA

HISTÓRIAS QUE
MORAM EM MIM

zit
EDITORA

Ao sr. Vitor Pereira, meu pai e de mais doze irmãos. Hoje ele não vê o Sol, nem a Lua ou a cor das cores. Sua memória viajou para um lugar distante, mas sabemos o quão mágicos e importantes foram seus ensinamentos...

Cristino Wapichana

A todos os povos ancestrais.

Graça Lima

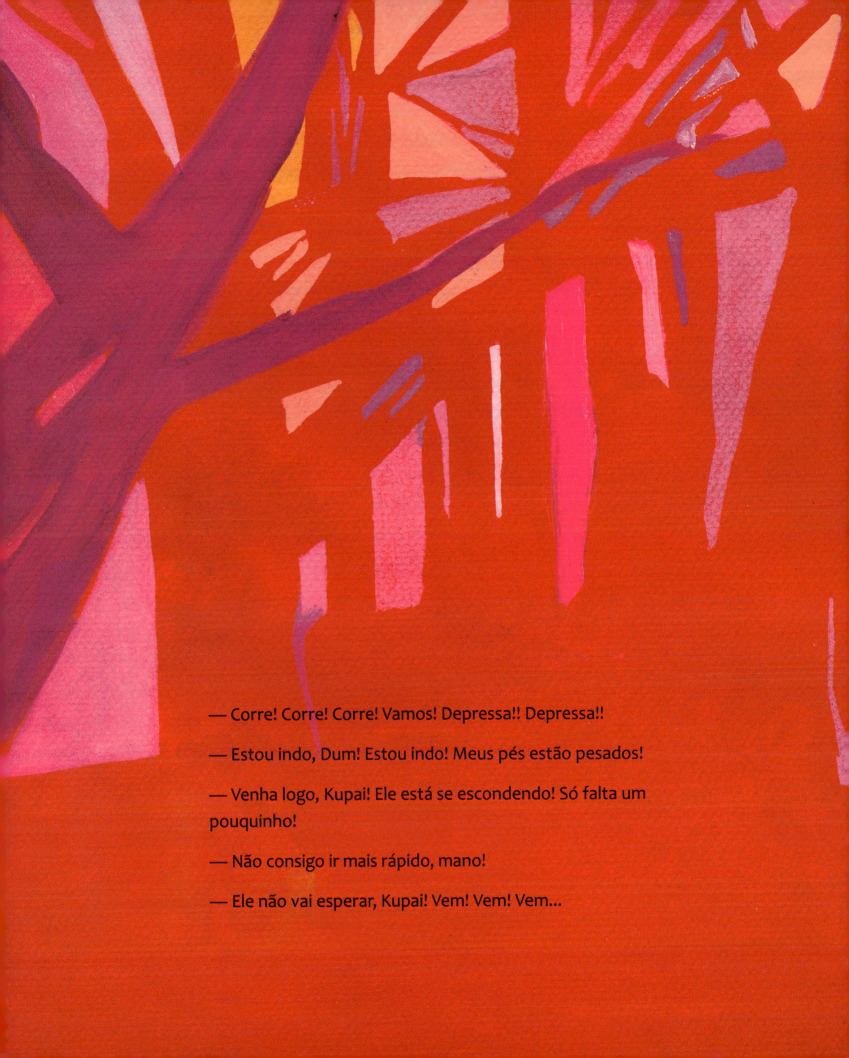

— Corre! Corre! Corre! Vamos! Depressa!! Depressa!!

— Estou indo, Dum! Estou indo! Meus pés estão pesados!

— Venha logo, Kupai! Ele está se escondendo! Só falta um pouquinho!

— Não consigo ir mais rápido, mano!

— Ele não vai esperar, Kupai! Vem! Vem! Vem...

— Olha... como é bonito ele mergulhando no rio...

— É mesmo, Dum! Mas será que ele não vai se afogar, mano?

— Claro que não, Kupai! Ele só está tomando banho pra dormir...

Foi assim que vi, pela primeira vez, o sol entrando no rio para se banhar. Nem sabia que ele precisava tomar banho!

Se alguém me falasse, eu não acreditaria! Mas vi com meus próprios olhos!

Vi quando ele começou a entrar na água e mudar de cor. Não sei se ele estava tirando a roupa pra se banhar...

Só sei que, quando o sol tocou no rio, foi ficando da cor do fogo! Depois ele foi se esticando, bem comprido, e colorindo as águas do rio. Ele continuou mudando de cor até ficar igual à minha. Depois foi diminuindo, diminuindo, e, por fim, desapareceu dentro do rio.

Dum e eu subimos correndo até a Laje do Trovão, na parte mais alta, naquele final de tarde. Quando chegamos quase na ponta dela, deitamos e rastejamos como cobra, até o final da grande pedra, que, de tão grande, passava um pouco da beira do rio que ficava lá embaixo.

Dali, dava para ver um mundo aonde nossas pernas ainda não tinham nos levado, e talvez nunca nos levassem, mas nossos olhos podiam nos levar voando até lá. E o melhor era que, voando, ficávamos longe dos perigos daquele mundo de serras cobertas por florestas.

Do alto da Laje do Trovão, podíamos ver nossa aldeia toda — e da aldeia também dava para ver quem estava lá em cima. Se fosse uma criança que estivesse lá, logo aparecia algum adulto para resgatar e trazer para a aldeia em segurança.

Era muito perigoso ir lá em cima, mas Dum sempre conseguia chegar ao alto da laje sem ser notado.

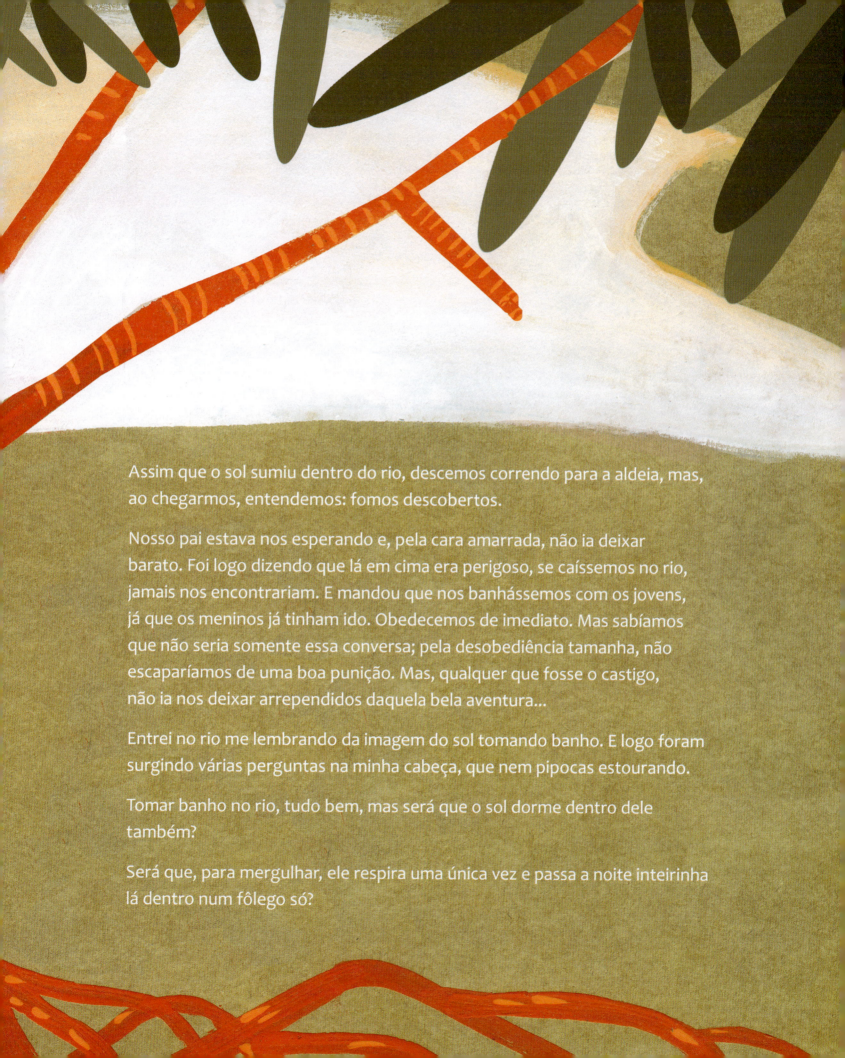

Assim que o sol sumiu dentro do rio, descemos correndo para a aldeia, mas, ao chegarmos, entendemos: fomos descobertos.

Nosso pai estava nos esperando e, pela cara amarrada, não ia deixar barato. Foi logo dizendo que lá em cima era perigoso, se caíssemos no rio, jamais nos encontrariam. E mandou que nos banhássemos com os jovens, já que os meninos já tinham ido. Obedecemos de imediato. Mas sabíamos que não seria somente essa conversa; pela desobediência tamanha, não escaparíamos de uma boa punição. Mas, qualquer que fosse o castigo, não ia nos deixar arrependidos daquela bela aventura...

Entrei no rio me lembrando da imagem do sol tomando banho. E logo foram surgindo várias perguntas na minha cabeça, que nem pipocas estourando.

Tomar banho no rio, tudo bem, mas será que o sol dorme dentro dele também?

Será que, para mergulhar, ele respira uma única vez e passa a noite inteirinha lá dentro num fôlego só?

Fiquei pensando nisso durante o banho e no retorno do rio para casa.

Chegamos no momento em que o jantar estava sendo servido. Na verdade, mais do que uma refeição, o jantar era o reencontro da família após as atividades do dia.

Assim que entramos em casa, papai foi logo anunciando nossa pena. Carreguei água uns três dias e o meu irmão foi com ele para a roça durante uma semana. Durante o tempo do castigo, só brincávamos nos horários de banho.

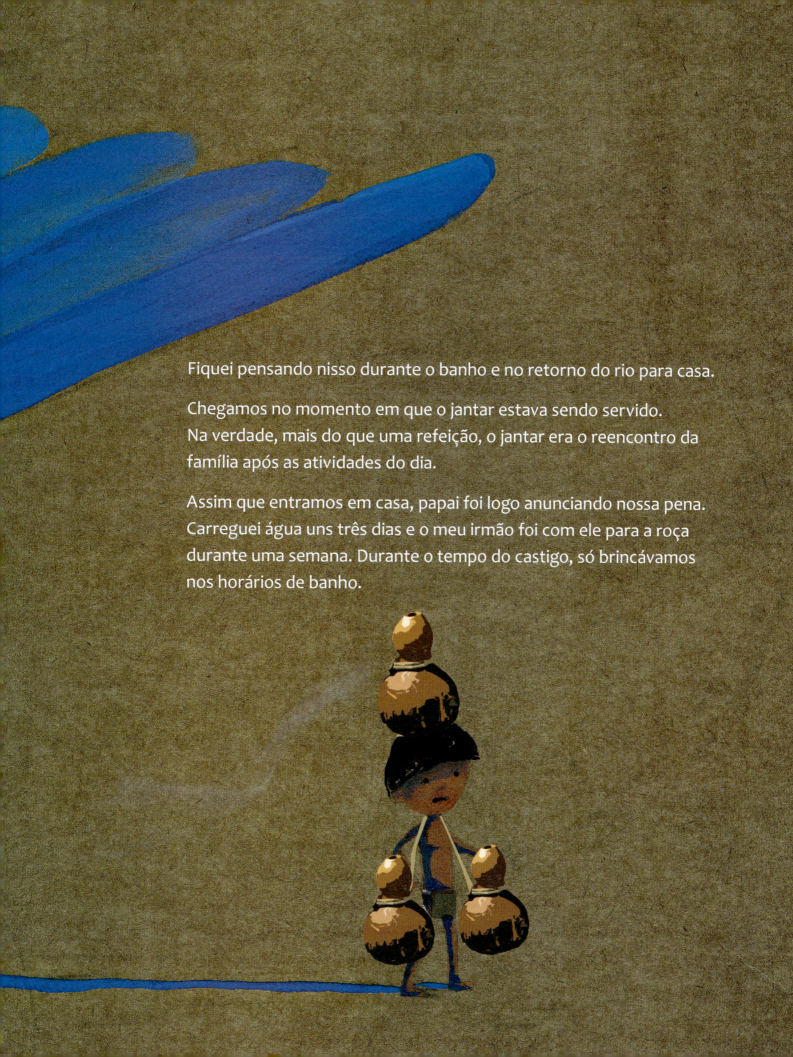

Após o jantar, papai começou a contar uma história, e justo sobre a Laje do Trovão. Olhei para Dum e ele deu um meio sorriso. Respondi com um sorriso silencioso e lábios fechados. Mas minha cara de riso me denunciava e, se papai visse, o castigo aumentaria. Sabíamos que, se não fosse aquela nossa aventura na laje, papai contaria outra história. Aliás, são várias as histórias de raios que atingiram a Laje do Trovão. Todos tinham medo de subir nela, pois poderia até atrair temporal. Era o que se dizia. Bastava um chuvisquinho de nada pra ninguém se atrever a subir lá, com medo das flechas de raios que desciam do céu.

Foi nessa noite que ouvi falar pela primeira vez na "boca da noite".

Eu nem estava prestando atenção na história que papai contava, mas, quando falou da tal "boca da noite", tratei logo de acordar todos os meus sentidos que estavam quase dormindo.

Fiquei imaginando como era o corpo da noite... Pois se tem boca, tem que ter cabeça, nariz, orelha, cabelo, braços, pernas, mãos, pés... Será que essas partes são parecidas com as do nosso corpo? Porque, se tem boca, deve haver um corpo!

Nem me preocupei com o restante da história. Eu precisava mesmo era descobrir como era a "boca da noite".

Fui para a rede depois da história, mas a boca da noite me acompanhou. O vovô dizia que, se a gente não conseguisse resposta para um problema importante, somente os sonhos poderiam responder. Para sonhar, era preciso antes tomar um chá de ervas dos sonhos. Mas, naquela altura, não dava mais nem pra fazer nem tomar o bendito chá, já que teria que ser feito pelo pajé e ser tomado antes do jantar.

Sacudi minha rede e deitei, mas continuei pensando na dita "boca da noite".

Dum dormia do meu lado, em outra rede. Curioso, resolvi perguntar pra ele. Coloquei minha cabeça para fora da rede, estiquei meu braço e mexi na rede dele. Chamei baixinho:

— Dum! Dum!

— Que foi, Kupai?

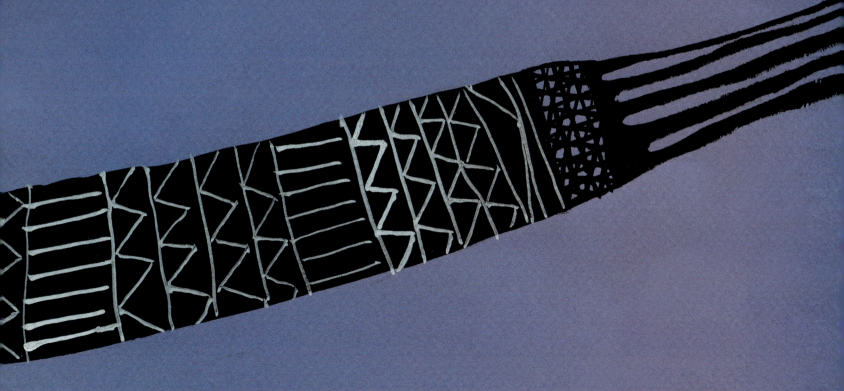

— Você já viu a boca da noite?

— Não, Kupai. Vá dormir!

Me recolhi para dentro da rede, mesmo querendo fazer mais perguntas. Dum não ia me responder. Não demorou e logo o sono me dominou. Adormeci.

Era para ser uma noite tranquila de sono, mas, de repente, lá estávamos eu e Dum, no cume da Laje do Trovão, olhando o sol a tomar banho no rio. Mas antes do sol mergulhar, começaram a aparecer, por trás dele, umas nuvens pequenas, escuras, com muitos relâmpagos.

Aquelas nuvens, carregadas não sei de quê, vinham tão rápido em nossa direção, que ficamos paralisados.

Os trovões, assustadores, ecoavam pelos vales, e nós, ali, sem conseguirmos nos mover. E, para piorar a situação, logo atrás daquelas nuvens escuras com raios que cortavam o céu, vimos uma boca gigante que vinha engolindo tudo à sua frente (e não tinha corpo não... era só boca mesmo).

E, dentro dela, havia dentes pontudos. Enormes! Com as luzes dos relâmpagos, dava para ver tudo o que aquela boca grande comia!

Ela abocanhou o lugar onde o sol se banhava e vinha engolindo o rio, as serras, as matas, as nuvens... e, quanto mais engolia, maior ficava!

Como se não bastasse, começou a chuviscar, e os pingos que caíam sobre a gente eram tão frios, que doía quando tocavam nossos corpos. Eu olhava assustado para aquela boca gigante e para Dum, e tentava falar, mas não saía som algum da minha boca.

Parecia que só meus olhos e minha mente estavam funcionando. Quanto mais aqueles dentões se aproximavam, mais angustiado eu ficava. E meu medo de ser engolido era maior que aquela boca!

Para a nossa sorte, aquelas nuvens carregadas com raios e trovões pararam bem à nossa frente. Mas, se qualquer daqueles raios tocasse na Laje do Trovão, seria o nosso fim!

Agora eu estava com dois grandes medos: o dos raios e trovões e o daquela boca enorme, que era maior do que os meus olhos podiam enxergar!

Aquela boca gigante não parava por nada!

Se ela engoliu o sol tomando banho, as serras e as matas, nos engoliria, sem nem sentir o gosto!

Ela se aproximou da gente de repente. Lá estava ela aberta, em cima da gente!

Olhei para o alto e pude ver de perto o tamanho daqueles dentões!

Eram maiores que qualquer outra coisa que eu podia imaginar. Aqueles dentões amarelados, sujos de terra com pedaços de troncos de árvores e pedras presos entre eles, começaram a baixar para nos abocanhar. Sabíamos que era o fim. Não havia nada que pudéssemos fazer para impedi-la. Seríamos despedaçados!

Quando a boca começou a baixar, a escuridão foi engolindo o restante de luz que ainda tinha. No mesmo instante, tomei uma atitude drástica.

Juntei toda minha coragem e as minhas energias e pensei no único ser na Terra capaz de nos salvar!

Enchi meus pulmões de ar e gritei com toda a potência da minha voz:

MAMÃE!!! MAM

— O que foi, meu filho?! Estou aqui!! — respondeu prontamente minha mãe abraçando-me na rede.

— Mãe! Era uma boca gigante com dentes enormes! Afiados! Quase nos engoliu!

— Calma, Kupai! Mamãe está aqui. Foi só um sonho ruim! Volte a dormir.

— Fica comigo, mamãe. Não quero ser devorado por aquela boca horrível!

Minha mãezinha ficou ali até que os meus olhos voltassem a dormir.

Acho que não demorou muito para o sol acordar a gente.

Que bom que tem o sol para ajudar os nossos olhos a ver tudo!

Quando levantei, vi que todos me olhavam, curiosos para saber o que tinha acontecido comigo à noite. Não teve jeito. Tive que contar com detalhes aquele pesadelo para toda a família à beira do fogo. Riram muito depois que contei. Especialmente meu pai. Mas não deixei barato também. Olhei para meu pai e fui logo perguntando, sem rodeio, o que era a "boca da noite".

Ele olhou pra mim como quem diz: "Eu estou cheio de coisas pra fazer e esse curumim me faz uma pergunta dessas logo cedo!?".

Fiquei olhando pra ele aguardando uma resposta.

Papai olhou pra mim e tentou me explicar enquanto terminava de se preparar para trabalhar:

— Boca da noite é quando o sol se despede e a noite vai tomando seu lugar no mundo. A boca da noite é muito importante para a gente descansar, sonhar. Ela reúne a família para jantar e depois todos dormem juntos e a noite deixa o céu cheinho de estrelas.

— Mas, pai, este céu estrelado é o céu da boca da noite?

— Filho, céu é uma coisa, a boca da noite é outra. O que importa é que existem dois mundos: o mundo do dia e o mundo da noite, e o que divide um mundo do outro é a boca da noite. É a boca da noite que ajuda a manter o equilíbrio da vida na Terra e de todos os viventes. Nós trabalhamos durante o dia e, depois da boca da noite, dormimos sossegados dentro dela.

Ele baixou, olhou dentro dos meus olhos e disse: agora, papai precisa ir pra roça. Mas vá lá com sua mãe e pergunte pra ela.

Não entendo por que meu pai sempre quer fugir quando pergunto pela segunda vez. Não sei de que nem pra onde!

Foi bom ouvir a explicação do meu pai, e até que entendi o que ele quis dizer, mas não me convenceu.

Mamãe estava ocupada demais cuidando dos afazeres de casa e eu não ia perguntar pra ela. Resolvi insistir mais um pouquinho com meu pai. Eu precisava saber em detalhes sobre essa tal "boca da noite".

— Mas, pai, pode existir uma boca sem corpo? Uma boca tem que ter mais que dentes e uma língua... Uma boca não tem que comer alguma coisa? E essa boca da noite não fala? Ela tem que, pelo menos, dizer o que o corpo sente... Uma boca tem que assobiar, cantar... chupar cana... assoprar... saborear uma boa comida... reclamar... perguntar...

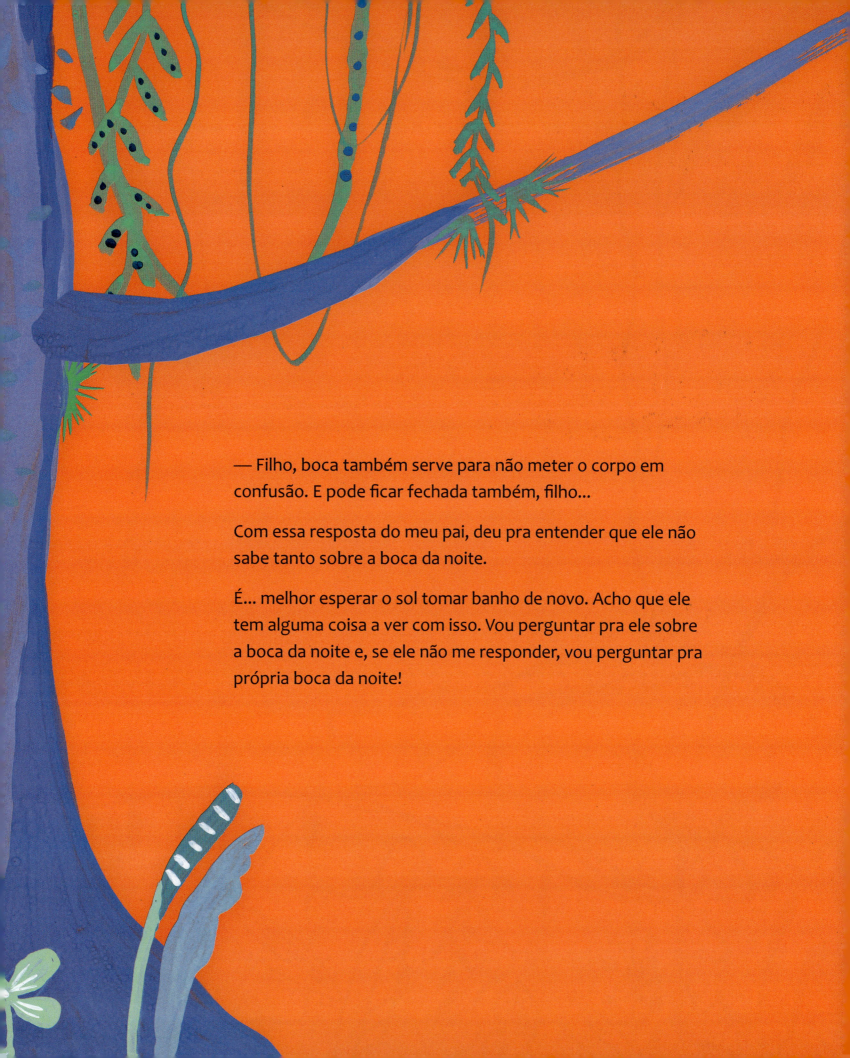

— Filho, boca também serve para não meter o corpo em confusão. E pode ficar fechada também, filho...

Com essa resposta do meu pai, deu pra entender que ele não sabe tanto sobre a boca da noite.

É... melhor esperar o sol tomar banho de novo. Acho que ele tem alguma coisa a ver com isso. Vou perguntar pra ele sobre a boca da noite e, se ele não me responder, vou perguntar pra própria boca da noite!

Língua Wapichana

Dum (ou *Arapuá*) = Marimbondo

Kupai = Peixe

Os autores

Eu me chamo **Cristino Wapichana**. Sou autor indígena do povo Wapichana, lá do estado de Roraima. Gosto de escrever histórias; quando viram livros, andam soltas pelo mundo. Já ganhei o Concurso FNLIJ/UKA Tamoios de Textos de Escritores Indígenas, e esta história aqui ganhou menção honrosa, em 2014, nesse mesmo concurso. Também já ganhei prêmios com músicas, como compositor. Sou ainda contador de histórias, e até afino piano... Mas o que eu mais gosto de fazer é escrever. Falar das ricas culturas indígenas e do quanto são importantes desde a formação do Brasil.

Foto: Carolina Grohmann

Graça Lima é formada em comunicação visual pela Escola de Belas-Artes/UFRJ, onde leciona atualmente. Ilustrou mais de cem livros e ganhou muitos prêmios, entre eles o Jabuti quatro vezes. É mãe do Gustavo, da Letícia e da Pretinha, uma cachorra que canta.

Foto: Letícia Lima

grupo editorial zit

Primeira edição: setembro de 2016
Data desta tiragem: outubro de 2024
Papel de capa: cartão 300g/m²
Papel de miolo: couché matte 150g/m²
Impressão: Zit Gráfica e Editora